Mes Amis les CHEVAUX

Sophie Thalmann

Vive la montagne !

Écrit par Natacha Godeau.
Illustrations : Isabelle Mandrou et Marco Albiero.
Conception graphique du roman : Audrey Thierry.
Mise en pages : Clémentine Lemoine.

Hachette Livre, 58, rue Jean-Bleuzen, 92178 Vanves Cedex.

Mes Amis les CHEVAUX

Vive la montagne !

Sophie Thalmann

hachette
JEUNESSE

Zéphyr

Ce pur-sang arabe à la robe « alezan brûlé » est le plus rapide du haras… et il adore s'en vanter ! Sûr de lui, il agace parfois les autres chevaux. Andalou est son principal rival, mais Zéphyr ne s'inquiète pas une seconde : c'est lui le meilleur, et il va le lui prouver !

Féline

Avec sa robe baie aux reflets dorés, cette jument lusitanienne a une apparence féline... D'où son nom ! Têtue, battante et fière, elle ne se laisse pas faire et obtient toujours ce qu'elle veut. Et même si elle a tendance à être très capricieuse, Andalou et Zéphyr ne sont pas insensibles à son charme !

Moustique

Mais quelle mouche a bien pu piquer cet adorable shetland ? Très ambitieux, il déteste qu'on ne le prenne pas au sérieux et il est incapable de tenir en place. Andalou l'a même surnommé « mini-Zéphyr », tant il aime parader !

Andalou

Andalou est le cheval préféré des enfants et de ses compagnons. Il est aimé et respecté parce qu'il est réfléchi et très courageux. Pas étonnant que Moustique rêve de lui ressembler ! Il aime passer du temps avec Féline et est en compétition avec Zéphyr.

Percheron

Percheron est un cheval de trait. En plus de son travail à la ferme, il adore faire de longues promenades en charrette avec les visiteurs. Bien que très impressionnant, il est doux et amical. C'est le cheval le plus sage, et surtout le plus gentil !

Lulu

La plus vieille jument du haras est une sorte de « cheval de secours » ! Sage et bienveillante, elle aime aussi taquiner les jeunes chevaux, surtout Zéphyr et Féline... Quant à Moustique, c'est son chouchou. D'ailleurs, c'est comme ça qu'elle le surnomme !

Sophie

Elle est toujours là pour s'occuper de ses chevaux et du haras. C'est une cavalière très douée, passionnée, et qui adore monter Féline, sa jument préférée. Lorsqu'elle ne s'occupe pas de ses animaux, elle donne des cours d'équitation aux enfants.

Prologue

Quelle effervescence, ce matin, au centre équestre ! Sophie et Victor ont sorti les chevaux dans la cour, où sont garés les deux grands vans du haras.

– Youpi ! On part en randonnée dans la montagne ! se réjouit Moustique.

– Ce ne sera peut-être pas aussi amusant que cela, ronchonne Zéphyr.

Féline frappe avec colère du sabot par terre.

– Mais quel rabat-joie tu fais ! gronde-t-elle le pur-sang. Sophie a eu une très bonne idée, en organisant cette excursion pour Nils et Sarah, les deux meilleurs élèves du cours d'équitation. Vivement qu'on embarque dans les vans et qu'on parte !

– J'ai hâte d'explorer le mont Venteux ! souligne Andalou.

– On va bien rigoler ! renchérit Moustique en secouant gaiement sa crinière.

Près de lui, Lulu hennit de rire.

– Le petit chou a raison : on va passer une excellente journée! lance-t-elle.

– Je ne suis pas un petit chou, proteste comme toujours le poney. Mais j'ai raison, ça, c'est vrai !

– Heureusement que Sophie et Victor ont décidé de nous emmener aussi, Lulu et moi, souffle alors Percheron. Car, même si nous sommes un peu trop âgés pour ce genre de balade en altitude, prendre une bonne rasade d'air pur avant l'hiver ne nous fera pas de mal !

À ces mots, Zéphyr retrousse les lèvres, agacé.

– J'ai compris, se renfrogne-t-il. Une fois de plus, tout le monde est contre moi... Mais je m'en fiche. La montagne, c'est dangereux. Je vous aurai avertis !

En route

L'heure du départ a sonné. Victor ouvre l'arrière du premier van. Il installe la rampe d'embarquement, puis il mène Moustique, Féline et Lulu à l'intérieur du véhicule. Il les installe avec soin afin qu'ils ne soient pas trop secoués durant le trajet. Ensuite, le palefrenier en chef va s'asseoir au volant et démarre. Dès que le van quitte la cour pavée du centre équestre, Moustique se penche sur sa ration de foin, qu'il dévore en une bouchée.

– Mais c'était pour plus tard, voyons ! s'exclame Féline.

– Tant pis, répond le poney en mastiquant bruyamment les brins de paille craquants. J'avais faim maintenant.

Lulu sourit avec tendresse.

– Toujours aussi gourmand, à ce que je vois ! plaisante-t-elle.

– Non, j'avais faim, répète Moustique, buté.

– N'importe quoi ! soupire Féline. Nous venons de manger notre petit déjeuner.

– J'avais faim quand même, s'entête le poney. Et puis, d'ailleurs, j'ai encore faim.

– Dis plutôt que tu as tout le temps faim ! rectifie Lulu. Je me demande bien comment tu vas faire tout à l'heure…

Féline écarquille les naseaux avec un air amusé.

– Tu es bien naïve, ma pauvre Lulu ! hennit-elle. Moi, je te parie que Moustique va nous chiper notre part de foin !

Pendant ce temps, dans l'autre van, Andalou, Zéphyr et Percheron se chamaillent.

– Et voilà, nous sommes sur la route, je reconnais le parfum des buissons qui longent la forêt, constate Andalou.

Agacé, Zéphyr lève la tête. Il hume l'atmosphère et…

– Tu racontes des bêtises, ça ne sent rien du tout, bougonne-t-il.

– Si, ça sent la forêt, affirme Percheron.

Zéphyr s'ébroue.

– Nous sommes sur le chemin du village, insiste-t-il, plein de mauvaise foi. Sophie doit vouloir acheter quelque chose pour l'excursion.

– Mais pourquoi refuses-tu d'admettre que j'ai raison ? l'interroge Andalou.

– Parce que tu as tort ! rétorque le pur-sang, fâché. Tu crois toujours tout savoir mieux que les autres, c'est exaspérant, à la fin !

Consterné par ce qu'il entend, Percheron pousse un énorme soupir.

– Eh bien, j'espère que vous n'allez pas vous disputer comme ça toute la journée, murmure-t-il. Vous risquez de gâcher l'ambiance !

– On ne se dispute pas, proteste Zéphyr, embarrassé par son attitude puérile. Je dis juste qu'on n'approche pas du tout du point de rendez-vous où attendent les élèves.

Là-dessus, la voix de Sophie crépite dans le haut-parleur du portable de Victor.

– Tu utilises toujours ton kit mains libres ? demande la cavalière à son ami.

– Oui, je ne téléphone pas en conduisant, répond ce dernier, un peu moqueur. Et toi ?

– Je suis en train de me garer à l'orée de la Clairière aux Marcassins. Nils et Sarah sont déjà là. Tu es encore loin ?

– J'arrive dans deux minutes. Les chevaux n'arrêtent pas de hennir, à l'arrière du van. Ils ont l'air très énervés.

– Ici, ils sont calmes, riposte joyeusement Sophie. Terminé !

Elle raccroche. Andalou ne peut s'empêcher de lancer :

– Et voilà, vous avez entendu ? J'avais raison !

– Super, je me suis trompé, maugrée Zéphyr. Tu es content ?

– Je suis satisfait, admet son camarade en redressant le menton.

Aussitôt, le pur-sang le fusille d'un regard furieux. Percheron s'empresse d'intervenir.

– Ça suffit, vous deux, gronde-t-il. La discussion est finie, l'aventure commence !

Première étape

Après s'être retrouvés dans la Clairière aux Marcassins, Victor, Sophie, Nils et Sarah harnachent les chevaux. La selle, les rênes, le licol, le tapis de selle, les étriers... sans oublier les sacoches pleines de bouteilles d'eau et de réserves de victuailles pour le déjeuner.

– Miam ! dit Moustique en apercevant une belle pomme rouge, dans la sacoche de selle entrouverte de Percheron. J'ai hâte de pique-niquer !

– Il va d'abord falloir marcher un peu, remarque Andalou.

Au même moment, les cavaliers montent en selle. Nils sur Moustique. Sarah sur Zéphyr. Victor sur Andalou. Sophie sur Féline. Quant à Lulu et Percheron, le palefrenier les mènera derrière lui par la bride.

– Vérifiez que la sangle de votre bombe est bien attachée sous votre menton ! recommande soudain Sophie aux cavaliers.

– Paré ! annonce Victor.

– Prête ! enchaîne Sarah.

– Parfait ! renchérit Nils.

Sophie lève le pouce en signe d'assentiment. Elle serre alors légèrement les genoux contre les flancs de Féline. Elle claque de la langue et, sans hésiter, la jument s'élance. D'abord au pas. Puis au petit trot. Les autres suivent à la queue leu leu. La journée semble idéale pour partir en promenade. Un soleil radieux brille dans le ciel bleu. Les oiseaux gazouillent. Les abeilles bourdonnent de fleur en fleur. Le clapotis de la rivière qui traverse la clairière rythme la marche des randonneurs…

Parvenus au pied du mont Venteux, ils s'engagent sur le sentier étroit et sinueux qui serpente en direction du sommet. Les sabots cliquètent sur le sol graveleux. Sarah est enchantée.

– On a de la chance, on se croirait en été ! s'écrie-t-elle.

– Sauf que les feuilles des arbres roussissent, souligne Victor. L'automne est bien là, je te le garantis. Dans la nature, il ne faut jamais se fier tout à fait à l'instant présent. La météo est étonnamment capricieuse et change souvent très vite.

– Surtout en montagne ! ajoute Sophie.

– Mes parents m'ont conseillé d'emporter une cape de pluie, dans mon sac à dos, précise Nils.

Victor hoche la tête.

– Ils ont très bien fait, approuve-t-il.

Sarah s'esclaffe.

– Moi, je l'ai laissée à la maison, avoue-t-elle. Je n'allais pas m'encombrer d'un accessoire aussi inutile par un si beau temps.

Peu après, Sophie quitte le sentier. Elle entre dans une

vaste prairie et fait signe au petit groupe de s'arrêter sous une corniche rocheuse.

– Nous pique-niquerons ici, déclare-t-elle en mettant pied à terre.

Ses compagnons l'imitent, ravis du choix de cette étape bucolique pour leur pause déjeuner. Le point de vue est superbe. Le pic du mont Venteux s'élève majestueusement à l'horizon. Quelques nuages bas s'effilochent en passant au ras du sommet de la montagne. Une brise légère apporte le tintinnabulement

de grelots provenant des colliers des chèvres qui broutent en troupeau, à l'autre extrémité du pré. Attiré par la présence inhabituelle de cavaliers, un bouquetin bondit sur un rocher voisin. Il contemple avec curiosité tout le petit groupe, puis il s'éloigne en trois sauts

puissants. Tandis que Sophie, Victor, Nils et Sarah piqueniquent sous la corniche, les chevaux paissent tranquillement au soleil.

– Cet endroit est merveilleux ! s'extasie Féline en plongeant le nez au milieu d'une touffe de fleurs des champs.

– C'est vrai, c'est plutôt joli, ici, acquiesce Lulu.

– Et si on faisait une bonne sieste ? propose Andalou.

Moustique bâille à s'en décrocher la mâchoire.

– L'altitude donne toujours sommeil, remarque Percheron. Mais ce n'est pas une raison pour dormir !

– Nous devons atteindre le sommet, ne l'oubliez pas ! rappelle Zéphyr à ses amis.

Moustique grimace.

– J'aime l'action, jouer et bouger, mais aujourd'hui, je dormirais bien comme cette famille de marmottes, là-bas, sous le buisson d'airelles, admet-il.

Le paresseux s'étend dans l'herbe fraîche lorsque Sophie et Victor s'approchent. Ils viennent chercher les chevaux afin de reprendre l'expédition. La cavalière attrape donc Moustique et Zéphyr par la bride, avant de grimper en selle sur Andalou.

– Et moi ? gémit Féline. Normalement, je suis toujours la monture de Sophie !

Devinant le désarroi de la jolie jument, Sophie explique à haute voix :

– Du calme, ma Féline ! Hier, nous sommes allées ensemble faire des courses au village, alors aujourd'hui, tu as gagné le droit de te reposer un peu.

– J'ai repéré une grotte, à côté de la corniche, ajoute Victor à l'intention de la cavalière. Cela fera un excellent refuge pour les chevaux qui ne peuvent terminer l'expédition. Comme ça, pendant que tu continueras la randonnée avec Sarah, Nils, Andalou, Moustique et Zéphyr, j'attendrai votre retour bien à l'abri, dans la grotte, auprès de Percheron, Lulu et Féline…

La tempête

Victor a tout prévu. Il s'empare de sa lampe torche, dans la sacoche d'Andalou, et peut ainsi vérifier qu'aucun animal sauvage ne se terre dans la pénombre de la grotte. Ensuite, il y installe confortablement

Lulu, Percheron et Féline en utilisant la petite botte de foin qu'il a transportée. Pour finir, le palefrenier descend à la rivière, à l'orée de la prairie, y puiser de l'eau bien fraîche qu'il rapporte aux chevaux dans un abreuvoir amovible.

– Et toi, où vas-tu attendre ? le questionne Sophie.

– Près de Lulu, répond Victor. Regarde, je peux m'allonger sur la paille, moi aussi.

Rassurée, Sophie rejoint Nils et Sarah, sur le sentier. Et tandis que Victor s'apprête à fermer un moment les yeux, dans son refuge improvisé, la cavalière prend la tête de la marche et conduit ses élèves en direction du pic du mont Venteux.

Derrière Sophie, qui ouvre la voie, le petit cortège de randonneurs progresse avec prudence le long du sentier caillouteux. L'ascension du flanc de la montagne se complique à mesure que les chevaux avancent. La pente à gravir se raidit de plus en plus.

– Oh là là, quel gouffre, j'ai le vertige ! bredouille Andalou en jetant un coup d'œil dans le vide, d'un côté du chemin.

– Ne regarde pas en bas, recommande Moustique. Fixe plutôt la paroi de la montagne et concentre-toi sur l'endroit où tu poses les pieds.

– J'ai du mal à respirer, halète alors Zéphyr. Pas vous ?

– Bien sûr que si, riposte Andalou avec un air agacé. C'est l'altitude, ça essouffle toujours.

– Et c'est pour ça que Sophie, Nils et Sarah ne parlent pas beaucoup, souligne Moustique. On ferait mieux de prendre exemple sur eux.

Les chevaux se taisent donc. Ils s'appliquent, marchent avec précaution sur la pointe des sabots, évitent de tourner la tête du côté du vide qui longe le sentier exigu. Terrorisé, Andalou a les jambes qui tremblent…

–Je hais l'escalade, marmonne-t-il, hors d'haleine, les genoux flageolants.

– Tu te débrouilles pourtant très bien, lance Moustique, amusé.

– Et toi, tu n'as pas peur ? s'étonne Andalou.

Le poney secoue la crinière.

– Au cirque, j'ai appris à marcher sur une corde tendue au-dessus du sol, explique-t-il. Je suis un as de l'équilibre !

À ces mots, il dérape sur une plaque de graviers acérés, provoquant une panique générale.

– Nils, attention ! hurle Sophie.

– Tire sur les rênes, vite ! enchaîne Sarah.

Moustique hennit de rire.

– Il n'y a rien à craindre, voyons, s'exclame-t-il. Je ne vais pas tomber pour si peu, je sais me rattraper…

Il se redresse en effet, Nils toujours bien calé sur sa selle.

– Ouf, tu l'as échappé belle ! dit Sophie au jeune garçon.

– Moustique est super fort !

s'extasie ce dernier, fier de sa monture.

Le poney relève le nez.

– Oui, je suis méga-fort, se vante-t-il. Et je n'ai jamais peur.

Zéphyr s'ébroue de façon très bruyante.

– Tu te crois malin, s'énerve-t-il. Mais tu aurais pu avoir un très grave accident !

– J'ai glissé : je ne l'ai pas fait exprès, se défend Moustique.

– En tout cas, tu as eu une sacrée veine, intervient

Andalou, un frisson terrifié lui traversant le corps. Tu imagines, si tu avais dégringolé la pente rocheuse et si tu étais tombé au fond du ravin avec Nils ? Quelle horreur !

Tout à coup, le ciel s'obscurcit. Intrigué, Zéphyr scrute les nuages noirs qui s'amoncellent devant le soleil.

– Sophie avait raison, le temps change rapidement, en montagne, constate-t-il avec dépit.

Au même moment, le vent se met à souffler en rafales. Il tourbillonne autour des promeneurs, siffle, tournoie entre les jambes des chevaux. Les oreilles plaquées en arrière, Andalou pousse un hennissement de terreur. Sophie se dépêche de le diriger tout contre la paroi de la montagne, pour qu'il ne risque pas de perdre l'équilibre. Sarah et Nils l'imitent. Un roulement de tonnerre gronde alors au loin. Puis un éclair zèbre le ciel devenu subitement jaune grisé...

– Alerte ! C'est une tempête ! crie Sophie de manière à couvrir le vacarme du vent. Ne vous inquiétez pas, les enfants. En montagne, ce genre de grain se

dissipe très vite. Restez immobiles, surtout. Et veillez à ce que votre monture demeure bien face contre les rochers, à l'abri des rafales qui pourraient la déstabiliser.

– Pourvu que ce cauchemar s'arrête bientôt ! gémit Andalou.

– S’il se met à pleuvoir, on va avoir du mal à redescendre le sentier sans glisser, grommelle Zéphyr.

– N’y pensons pas, souffle alors Moustique. Pour l’instant, nous maîtrisons la situation. Inutile de s’affoler !

L'éboulement

Alors que la tempête fait rage au sommet du mont Venteux, le vent s'abat aussi sur la prairie, plus bas, en bordure de chemin. Les fragiles fleurs des champs se couchent dans les brins d'herbe. Le feuillage des arbres alentour crisse, le bois gémit. Les rafales sifflent en tournoyant entre les vans, qui s'agitent et frémissent sur leurs roues, menaçant de s'effondrer avec un fracas de tôle froissée. Dans la grotte-refuge, Victor enroule les brides de Lulu, Percheron et Féline autour d'une racine épaisse qui surgit du sol.

– Pourquoi Victor nous attache-t-il ? s'indigne Féline. Je n'ai pas l'intention de sortir par un temps pareil !

– C'est une simple mesure de précaution, articule Lulu.

– Si l'orage éclate, on pourrait se sauver par réflexe, ajoute Percheron.

Féline roule des yeux avec un air vexé.

– J'ai de meilleurs réflexes que ça ! proteste-t-elle.

– Oui, mais quand tu as peur ou que tu es en danger, ton

instinct de survie peut te pousser à t'enfuir même si c'est stupide ou ridicule, dit encore Lulu.

– Peur de quoi ? s'impatiente alors Féline. Du tonnerre ? Aucun risque : je n'ai jamais craint l'orage, et d'ailleurs…

Elle s'interrompt. La foudre vient de s'abattre sur un arbre, non loin de la corniche. Les branches s'enflamment.

Par chance, une pluie torrentielle suit immédiatement l'impact et étouffe le feu dans un écran de fumée noirâtre.

– Hiii ! s'égosille cependant la jolie jument, paniquée. Un incendie ! Au secours !

Elle tire sur sa bride pour se libérer, veut s'échapper. Percheron tape du sabot par terre afin de la ramener à la raison.

– Féline, ça suffit ! grogne-t-il sur un ton autoritaire.

La jument s'immobilise. Il continue :

– Tu comprends mieux, maintenant, pourquoi Victor nous a attachés ? Nous sommes à l'abri, ici. Souviens-toi qu'en montagne, la météo est capricieuse. Le temps change vite. La tempête devrait s'apaiser bientôt.

– Et il n'y a pas d'incendie, s'empresse de préciser Lulu.

Réconfortée, Féline pousse un soupir de soulagement. Elle se couche à nouveau dans le foin et décide d'attendre tranquillement le retour du soleil en essayant de somnoler. Lulu et Percheron prennent exemple sur elle. Victor se détend à son tour.

– Génial, les chevaux : gardez votre calme et tout ira bien ! les félicite-t-il à haute voix en se rasseyant.

À ces mots, un raffut épouvantable résonne au-dessus de leurs têtes. De gros rochers roulent le long de la paroi de la montagne et s'écrasent devant la grotte. Victor se remet brusquement debout.

– Un éboulement ! s'exclame-t-il. La tempête a déclenché une avalanche ! Je crois que nous devrions sortir, finalement, avant que…

Trop tard. D'autres pierres s'entassent, bloquant irrémédiablement l'issue de la caverne.

– On est coincés, balbutie Percheron.

Le cheval de trait n'en mène pas large. Il ne supporte pas d'être enfermé. Pourtant, il s'efforce de ne pas s'affoler, mais Lulu le connaît bien.

– Ne t'en fais pas, lui chuchote-t-elle discrètement à l'oreille. On ne manquera pas d'air. Tu le sens ? Il passe par les interstices entre les rochers. On peut respirer…

– Oui, on n'a qu'à tenter de les dégager, murmure Percheron.

– Et, au pire, Sophie nous délivrera ! affirme Féline, refusant de céder aussi facilement au désespoir.

Impressionné par les hennissements des chevaux, Victor allume sa lampe torche afin d'éviter qu'ils ne paniquent dans la semi-obscurité et ne se blessent en s'agitant. Hélas, le faisceau lumineux frappe un gros nid d'araignées tissé au creux d'un trou, dans la paroi rocheuse, dessinant un cône duveteux aux reflets fantomatiques au niveau du nez de Lulu.

– Non, pitié, pas ça, balbutie la jument en louchant avec terreur sur la toile géante.

Percheron, qui la connaît bien, lui souffle gentiment :

– Ne t'en fais pas. Je sais que les araignées sont ton pire cauchemar, mais elles ont plus peur que toi, elles ne sortiront pas de leur nid…

– Oui, on n'a qu'à les surveiller, raisonne Lulu, réconfortée.

– Et, au pire, Sophie nous délivrera ! répète Féline avec une conviction feinte, s'obstinant à ne pas se laisser sombrer dans l'accablement.

Une grosse frayeur

Au sommet du mont Venteux, Sophie s'efforce de réconforter ses compagnons.

– Nils, Sarah, en tant que cavaliers, vous devez garder votre sang-froid ! déclare-t-elle tandis que la tempête fait rage.

– Il y a un éboulement sur la paroi rocheuse, juste à côté. On a quand même bien le droit d'avoir peur ! argumente le petit garçon.

Sophie opine du chef.

– C'est certain, reconnaît-elle alors. Mais, quelle que soit la situation, il faut apprendre à maîtriser ses émotions. N'oublie pas que tu entretiens un lien de confiance particulier avec ta monture. Elle partage tes angoisses, ou, au contraire, ton courage. Regarde Moustique : il piaffe avec nervosité. Il ressent ta frayeur.

Soucieux de rassurer le poney, Nils se penche sur sa selle. Il s'incline en avant, caresse l'encolure de Moustique et lui chuchote à l'oreille :

– Calme-toi, ça va passer. Ce n'est qu'un orage, après tout.

On est avec Sophie, on est en sécurité, je te le promets.

Le poney ne tape plus des pieds. Il secoue joyeusement la crinière et hennit doucement, à la vive satisfaction de son cavalier.

– Voilà, Moustique se sent mieux, commente Sophie. C'est très bien, Nils.

– N'empêche, cette tempête commence à m'inquiéter ! avoue soudain Moustique à ses camarades d'écurie.

Près de lui, Andalou voudrait s'agiter, mais Sophie le retient fermement par les rênes.

– Je le répète depuis le début, qu'on est montés trop haut ! grogne-t-il. Une expédition en montagne, d'accord. Mais on n'a pas besoin d'atteindre le sommet !

– Tu dis ça parce que tu as le vertige ! lui reproche alors Zéphyr, Sarah toujours bien assise sur son dos.

– Non, pas du tout ! nie aussitôt Andalou.

– Tu as peur de l'orage ? ajoute Zéphyr.

Son ton moqueur exaspère Andalou, qui préfère ignorer la question afin de couper court à la dispute. Sauf que le pur-sang, pour sa part, n'a guère envie d'arrêter…

– Donc, tu as peur de l'orage ? interroge-t-il à nouveau Andalou.

Ce dernier ne répond pas. Zéphyr insiste :

– Si tu ne dis rien, c'est que tu as honte parce que j'ai bien deviné. Oh là là ! C'est tellement idiot, de craindre les éclairs ! Moi, je m'en fiche complètement et je vais même le prouver immédiatement !

Là-dessus, il gagne le milieu du chemin sans se préoccuper des cris de protestation de sa cavalière.

– Non, Zéphyr ! On reste à l'abri de la paroi avec les autres !

Sarah est déterminée à se faire obéir. Elle tente d'obliger le pur-sang à rejoindre sa place, auprès de Sophie. En vain. Solidement campé sur ses jambes musclées, Zéphyr refuse de repartir sur ses pas. Il parade sous l'orage :

– J'ai du cran, moi ! Je ne suis pas comme vous, je ne tremble pas de terreur à la moindre petite tempête de rien du tout !

Le tonnerre roule, les éclairs crépitent, le vent souffle. Sophie et Sarah ordonnent au pur-sang de les écouter. Sans résultat.

– Zéphyr est quand même très courageux, remarque Moustique, admiratif.

Andalou proteste :

– Zéphyr prend surtout des risques inutiles, c'est complètement idiot !

– Tu es jaloux ! réplique le pur-sang, enchanté de taquiner son ami.

– Je ne suis pas jaloux, je suis inquiet pour toi ! rectifie Andalou.

Zéphyr s'immobilise brusquement, tétanisé par l'émotion.

– Tu t'inquiètes pour moi ? Mais alors... cela signifie que tu m'aimes bien ?

Agacé, Andalou lève les yeux au ciel. Comment Zéphyr peut-il douter de leur profonde amitié ?

– Tu es trop bête, à la fin, tu ne changeras jamais ! s'énerve-t-il.

Soudain, un aigle plonge en piqué vers le chemin. Il pousse un cri aigu, contrarié d'être ballotté de droite et de gauche par les rafales. Effrayée par l'envergure de l'immense rapace, Sarah baisse la tête en sanglotant.

– Au secours ! Il va m'attraper dans ses serres !

– Ne panique pas ! recommande Sophie. Ne bouge

surtout pas, il ne s'attaquera pas à un cheval, laisse-le s'éloigner sans réagir !

La fillette suit les instructions à la lettre. Elle se cramponne aux rênes afin d'empêcher Zéphyr de trop se débattre. Mais le pur-sang, terrifié lui aussi par l'impressionnant bec crochu de l'aigle, repart au triple galop s'abriter auprès de ses compagnons…

Un sauvetage inattendu

Sans surprise, le temps change vite en montagne et, quelques minutes plus tard, le vent tombe. L'averse cesse, la tempête est passée et le soleil brille à nouveau sur le mont Venteux. Sophie guide donc Sarah et Nils vers le sommet, qui se trouve au prochain détour du sentier. Puis le petit groupe redescend en fredonnant gaiement, impatient de retrouver Victor au bivouac.

–Je n'ai même pas eu le temps d'enfiler ma cape de pluie ! s'exclame Nils en chemin. Quel comble !

– Tes parents n'avaient pas prévu que l'orage passerait aussi rapidement, pouffe Sarah, amusée. Mais, quand j'y pense, heureusement que notre mésaventure se termine si bien !

– Nous avons eu de la chance, acquiesce Sophie. Et puis, surtout, nous avons su garder notre sang-froid. Je vous félicite, les enfants.

Sarah et Nils échangent un clin d'œil complice. Ils ont quand même eu une belle peur, là-haut.

– Une chose est sûre : nous n'oublierons pas cette randonnée de sitôt, murmure Nils.

– Une chose est sûre : je ne veux plus jamais rencontrer d'aigle de ma vie, ajoute Zéphyr entre ses dents serrées.

De retour dans la prairie, Sophie, Nils et Sarah se

précipitent au refuge improvisé sous la corniche. Ils aperçoivent l'éboulis, devant la grotte, et comprennent immédiatement ce qui s'est passé.

– Oh non, l'avalanche a bloqué l'entrée de la caverne ! s'affole Sarah.

Les mains en porte-voix, Sophie appelle :

– Victor, tu m'entends ? Tout va bien ?

– Pas de blessé, répond la voix étouffée du palefrenier, derrière l'amas de blocs de roche. Mais on ne peut pas sortir, et il n'existe aucune autre issue.

– On va vous tirer de là, promet aussitôt la cavalière.

Elle réfléchit un instant et lance :

– Sarah, Nils ! Nous allons dégager l'entrée de la grotte en utilisant les chevaux pour tirer les rochers. Je peux compter sur votre aide ?

– Sans problème ! acceptent les enfants dans un bel unisson.

Sophie sourit.

– Parfait. Il y a une corde dans la sacoche de Moustique. Je vais l'attacher au pommeau de selle de Zéphyr, je nouerai ensuite l'autre extrémité à une lourde pierre de l'éboulis, et Sarah fera avancer le pur-sang pour tracter le rocher.

– Super ! s'écrie Nils.

Sur quoi il court chercher la corde dans la sacoche du poney. Sophie la fixe comme prévu. Puis Sarah claque de la langue afin de faire marcher Zéphyr. Le rocher roule, tombe par terre. Mais aucune autre pierre n'est ébranlée. L'éboulis demeure compact, impossible à déplacer. Sophie et les enfants essaient encore. Et encore. Hélas, l'amas de roches reste en place.

– À ce rythme-là, on n'aura pas fini avant des jours et des jours ! ronchonne Nils.

– Je ne tiendrai pas le coup aussi longtemps, halète Zéphyr. C'est quand même lourd à traîner, ces pierres.

– Zéphyr va se fatiguer, dit alors Sophie. Andalou pourrait

le remplacer, mais cela ne changerait rien. À force, Victor, Percheron, Lulu et Féline vont manquer d'eau, de nourriture et d'oxygène ! Il faut trouver un autre moyen…

La cavalière se tait, perplexe. Elle se demande quoi faire, lorsqu'un aigle immense gagne la corniche en planant.

– Non, pas lui ! s'égosille Zéphyr.

L'aigle se pose au sommet de l'éboulis. Sous ses serres puissantes, un minuscule caillou se détache du tas de roches, révélant un espace entre les pierres.

– Voilà un accès ! s'écrie soudain Sophie, folle de joie.

Zéphyr ferme les yeux. Malgré sa terreur, il accepte de s'approcher de l'aigle afin que Sophie attache la corde à la pierre sur laquelle il se tient. L'aigle s'envole alors, effarouché. Et la cavalière décide de poursuivre le travail de dégagement à partir du creux laissé par le caillou. En moins d'une heure, un passage est ménagé au sommet du tas de roches pour les prisonniers.

– Ouf ! souffle Féline, réconfortée de revoir la lumière du jour.

– On respire mieux ! se réjouit Percheron.

– Il n'y a plus d'araignées ! renchérit Lulu.

Andalou hoche la tête avec bonheur.

– Quelle aventure, mes amis ! s'écrie-t-il. Le sommet de la montagne est à une hauteur vertigineuse !

– On y est aussi haut que les aigles ! enchaîne Zéphyr en frémissant.

– Peut-être, remarque Lulu en écarquillant les naseaux. Mais je vous assure que se retrouver coincé au fond d'une caverne n'a rien d'une partie de plaisir ! Laissez-moi vous raconter…

Au même instant, un grognement angoissant l'interrompt.

– Qui a fait ce bruit ? bafouille-t-elle, effrayée.

– Vous croyez que c'est l'aigle ? articule Zéphyr, la voix blanche.

– Ça provenait de l'intérieur de la grotte, affirme Féline.

Percheron pointe les oreilles en signe de stress.

– Tant pis, je ne retourne pas là-dedans pour voir de quoi il s'agit, gronde-t-il.

– Mais, pour entrer, il faut escalader l'éboulis. C'est un peu haut pour moi, se plaint Andalou.

– J'y vais ! intervient brusquement Moustique.

Et, avant qu'on ait pu le retenir, le vaillant petit poney s'engouffre au galop dans la grotte.

Il en émerge peu après, accompagné d'un bouquetin, qui s'enfuit sitôt à l'extérieur.

– Oh, ça alors ! s'étonne Victor. Il est venu se réfugier avec nous pendant l'orage, et personne ne s'est aperçu de rien !

– Pour peu qu'ils restent discrets et ne se dérangent pas les uns les autres, les animaux sauvages savent partager les abris de fortune, répond Sophie. C'est grâce à cela qu'ils s'en sortent si bien dans la nature…

– L'entraide est la clef ! conclut le palefrenier dans un éclat de rire. Toi, les enfants et les chevaux, vous nous l'avez bien prouvé ! Merci !

Plus tard, le soir venu, les chevaux se reposent dans l'écurie. Les événements de la journée les ont bien fatigués !

– Je vais dormir comme un bébé ! hennit Moustique en bâillant à s'en décrocher la mâchoire. Les balades au grand air, ça épuise !

– Au grand air… ou bloqué au fond d'une horrible grotte ! s'exclame Féline.

Les chevaux se taisent une minute, se rappelant l'aventure de leur expédition.

– Je n'oublierai jamais la tempête, confie Andalou.

– Ni l'avalanche ! ajoute Percheron.

– Un orage en altitude, c'est très impressionnant, marmonne Zéphyr.

– Une randonnée en montagne, c'est impressionnant, précise Lulu.

– C'est absolument terrifiant, approuve Féline.

– Non, c'est absolument satisfaisant ! rectifie Moustique.

Ses compagnons d'écurie n'en reviennent pas.

– Tu trouves satisfaisant d'avoir couru tous ces risques ? s'étonne Andalou.

Le petit poney secoue la crinière avec un air amusé.

– Bien sûr ! répond-il. On a chacun vaincu l'une de nos

pires craintes, aujourd'hui. Percheron et sa peur d'être enfermé. Féline et sa peur de l'obscurité. Lulu et sa peur des araignées. Zéphyr et sa peur des aigles. Andalou et sa peur du vide... Ce sont de belles victoires.

Zéphyr redresse la tête avec fierté.

– De toute façon, je n'ai jamais peur de rien, assure-t-il en fanfaronnant.

– Moi, je trouve que celui qui n'a peur de rien, c'est le petit chou ! lance tout à trac Lulu.

– Je ne suis pas un petit chou, mais j'aime ce compliment, remercie-t-il, flatté, en faisant une pirouette.

– Tu as eu beaucoup de courage, pendant la tempête, déclare alors Andalou. Et aussi dans la grotte, avec le bouquetin… Bravo !

À ces mots, Moustique hennit de rire.

– Merci, mais il faut que je vous avoue un secret ! s'écrie-t-il malicieusement. Je croyais que c'était une chauve-souris, qui voulait sortir de la caverne. Et j'ai foncé pour essayer de l'enfermer parce qu'en vérité… moi, j'ai super peur des chauves-souris !

Fin

Retrouve très prochainement
une nouvelle aventure
de tes chevaux préférés !

As-tu lu les précédentes histoires ?

1. Un nouveau pensionnaire

2. La grande compétition

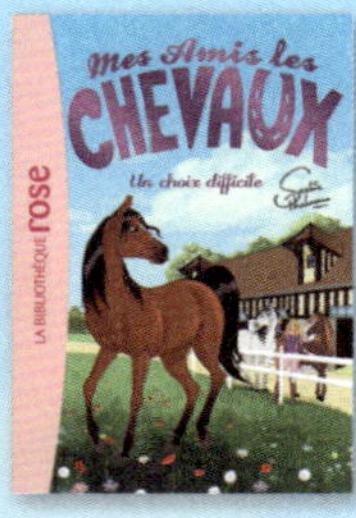

3. Un choix difficile

4. Un rival inattendu

5. Une randonnée mouvementée

6. Une rencontre inoubliable

7. La surprise de l'hiver

8. Le loup solitaire

9. Sous le feu des projecteurs

10. Le concours de beauté

11. Peur sur l'écurie

12. Mystère au centre équestre

13. Moustique a mal aux dents !

14. Une journée à la mer

15. Lulu a disparu !

16. Moustique est amoureux

Table

PAPIER À BASE DE FIBRES CERTIFIÉES

hachette s'engage pour l'environnement en réduisant l'empreinte carbone de ses livres. Celle de cet exemplaire est de :

300 g éq. CO_2

Rendez-vous sur www.hachette-durable.fr

Photogravure Nord Compo - Villeneuve-d'Ascq

Imprimé par Rotolito Romania en Roumanie

Dépôt légal : janvier 2021

Achevé d'imprimer : décembre 2020

17.2049-0/01 – ISBN 978-2-01-713111-3

Loi n° 49956 du 16 juillet 1949

sur les publications destinées à la jeunesse

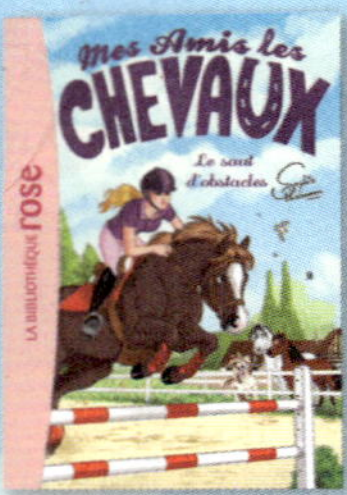

17. Le saut d'obstacles

18. La mascotte du centre équestre

19. Le secret d'Andalou

20. Tous aux Pony Games !

21. La grande aventure d'Andalou

22. Lulu mène la danse

23. Le courage de Féline

24. Que le meilleur gagne !

25. La tempête de neige

26. Un poney très coquet

27. Mission Galop !

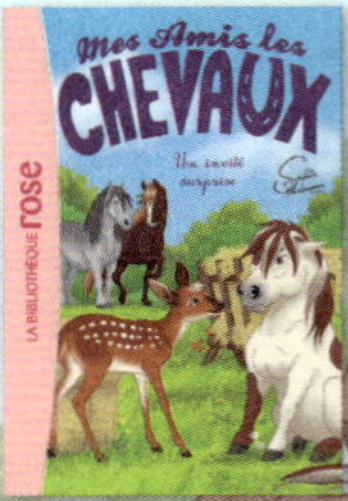

28. Un invité surprise

29. Plus de peur que de mal !

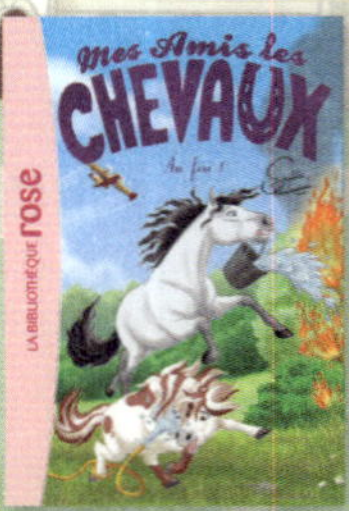

30. Au feu !

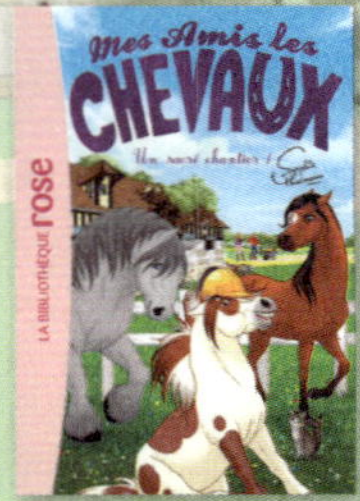

31. Un sacré chantier !

32. Duel de champions